La peur va changer de trottoir

SOLINE DIANE-MONAT

La peur va changer de trottoir

Édition : BoD – Books on Demand
12/14 rond-point des Champs-Élysées, 75008 Paris
Impression : Books on Demand GmbH, Norderstedt, Allemagne
ISBN : 978-2-3224-0343-1
Dépôt légal : septembre 2021

Au bord de la mer. – « Je n'ai pas envie de me construire une maison. (…) Mais si j'y étais forcé je voudrais, pareil à certains Romains, la construire jusque dans la mer, – il me plairait d'avoir avec ce beau monstre quelques secrets en commun » F. Nietzsche

Mais comment ne pas avoir la peur, encore et toujours, maintenant, de se conduire soi-même à sa propre perte ?! Quand on a fondé sur la gentillesse, la bienveillance, l'ouverture d'esprit ?! Une douceur. Trouver une énergie. Le déni ?! Comment ne pas craindre que la terre ne s'écroule ? Qu'après, le néant… Avoir été « conciliante ». Le mot est bien faible. Complice ?!…

Le déni ?! Certainement non ! Résilience sans doute ! Qui passe par le besoin d'oublier. L'oubli. Volontaire ou inconscient ? Oublier quand même. L'oubli de soi. Jusqu'à ce que…

Comme une différence. Une amputation. Comme être gauchère ! Comme ne pas avoir d'autre choix que celui d'utiliser la main gauche ! Très tôt, à l'heure où l'on berce les enfants de contes pour mieux les endormir ! J'avais peur du noir ! Insomnies enfantines ! Inventer sa propre histoire dès lors !…

La vérité serait un jour rétablie. Dans son ordre. Réhabilitée… Ce qui très tôt aiguise l'imagination. Condamnée à être « extraordinaire » par définition. Mais qui ne peut se dire. Qui ne peut se raconter. Ou quand le manque se transforme en véritable force et vous transcende. Parce que le pouvoir de l'imagination peut faire oublier la différence ! Quelques instants ! Je parvenais, la plupart du temps, à nouer des contacts. Seule, avec les autres ! A chacun sa dissidence !

Et puis, vous avez déjà vu, vous, la terre, le globe terrestre, s'écrouler ?! Où donc ? Dans l'univers ?! C'est une chute sans fin alors ?! Comme un puits sans fond ! Non ! L'univers a ses lois aussi. Qui peut les contourner ? Toi ?! Encore ?! Au mieux, la terre peut être en crise, en fusion, en colère, mais elle est toujours en constante évolution. Résiliente aussi.

Parce que la terre est en colère. Elle-aussi. Cela fait déjà quelques temps qu'elle gronde…

Cela fait une semaine que nous sommes confinés. Au quotidien, il faut toujours faire vite. Les journées sont bien remplies. Pour d'aucuns, le confinement, c'est la peur. La peur du vide. Du manque de consommer. De se retrouver face à face avec soi-même.

Pourtant, une poignée de rêveurs, d'optimistes, de philanthropes, appelez cela comme il vous plaira, mais aussi sociologues, psychologues, philosophes s'il en est, parlent déjà d'un retour aux valeurs, des solidarités. Mais après?!… Je voudrais bien y croire aussi…

Ce confinement?! Une opportunité. Comme une aubaine.

Se retrouver dans ses valeurs, ses convictions. Et cela me fait tant de bien! Comme si, aussi, c'était maintenant. Il faut affirmer. C'est le moment. S'affirmer. Ne plus avoir peur de dire qui l'on est; ce à quoi l'on croit; ce qui compte pour soi. Ce qui est porteur de valeurs. Les avis éclairés. Le retour à la raison. Loin de l'immédiateté. La réflexion. La richesse. Les richesses. Les diversités. C'est un signe très fort qui nous est adressé. Saurons-nous l'entendre? C'est une question de survie. L'heure est venue. Pour continuer à avancer, à construire «… quelque chose de beau, quelque chose d'utile pour l'oiseau»… dit le poète.

Le corona virus fait le tour du monde, de façon brutale. Inattendue. Départ de Chine, en route vers l'Italie, puis la France… Nous avons été stoppés. Arrêtés dans nos activités quotidiennes. De travail. De loisirs. De sorties. De voyages… Comme après une comparution immédiate. Êtres mis aux arrêts. Sur le champ. C'est très violent. Le confinement. L'enfermement, l'emprisonnement.

Il y a quelque chose de brisé en moi, même la naïveté de penser que l'on puisse tout ressouder. Cet emprisonnement me semble naturel et ma folie prend une légitimité nouvelle. Ma prison est à l'intérieur. Comme si une substance précieuse s'était à jamais perdue, dissipée dans mes veines, coulant dans mon sang, inexorablement. Elle irradiait, protégeait tout, illuminait, guidait. Aujourd'hui, elle est en moi; c'est la substance bonne ou mauvaise qui me fait vivre, être là. Par instants, je ne ressens rien : je suis une enveloppe vide, imperméable à la souffrance du monde. Je suis une machine. Ces sentiments refoulés reviennent en vague déferlante qu'un petit rien, insignifiant, met en branle. C'est bon. Je vis. J'aime me sentir brassée par la lame.

Ce virus est un ennemi invisible, pernicieux, tapi dans l'ombre, qui ne demande qu'à sombrer sur les plus faibles d'entre nous. Mais quelles armes utiliser contre un tel ennemi ? Que dire ? Comment le formuler ? Que faire ? Parce que je veux raconter l'histoire de cette petite fille !…

Comme à l'automne d'une existence, moment où d'autres femmes parlent de bilan. De crise. Moi ?! Une libération ! Un cycle. Un souffle. Comme le premier. Qui reste à écrire. C'est grisant. Une page blanche qui ne doit pas le rester. Qui ne peut le rester. Qui ne va pas le rester. Indéniablement. Viscéralement. Inexorablement.

Si mes lectures, philosophie, sociologie, psychologie, m'ont longtemps accompagnée, guidée en quelque sorte, car elles permettaient de mettre les maux en mots, à défaut de guérir, elles m'ont conduite vers des lectures plus douces, plus légères, aujourd'hui. C'est entendu, il y a toujours les romans, les classiques que l'on revisite à l'infini, comme un bon film, une musique, une chanson. J'avais découvert, par hasard, à l'occasion de vacances en Bretagne, un livre de Flora Groult. Il y avait un certain nombre de livres. J'avais lu le quatrième de couverture. Mon regard s'était arrêté sur celui-là. *Le passé infini*. Il ne payait pas de mine pourtant ! On voyait bien qu'il s'agissait d'une lecture des années 70. Au moins ! Une lecture d'avant. Une écriture d'avant ! La belle écriture ! Le livre était un peu jauni. Je me suis fondue dans l'enfance de Flora. Elle me semblait si familière. Etrangement. Dans cette douceur, cette mollesse apparente. Comme je m'étais alors fondue dans celle de Marcel Pagnol, de parents aimants. Alors la nostalgie de l'enfance que l'on n'a pas eue. Car les livres ont ce pouvoir. Cette force. Formidable. Incroyable. Rêver. « Un impossible rêve… ».

J'ai pourtant vécu des moments heureux. Indélébiles.

Les greniers recèlent d'objets cassés, oubliés, de reliques, et nous renseignent sur l'histoire de leurs propriétaires d'un autre temps. Combien de fois ne me suis-je pas réfugiée, enfant, sous les toits, dans la maison de mes grands-parents ?! J'inventais des histoires à ces choses entassées et leur prêtait vie pour quelques heures. Ces vieilleries prennent alors une dimension, remplissent un espace oublié des mémoires. Cette draisienne dont la couleur jaunâtre transparaissait sous le poids de la poussière du temps, seul moyen de locomotion, et avec laquelle mon grand-père avait bravé tous les temps, pour se rendre à la mine. Non, il n'avait pas ménagé sa peine ! Enseveli le jour au creux de la terre où il avait trompé la mort bien des fois, comme au ventre de la terre, évitant, un jour, de justesse, d'être écrasé par un bloc de minerai, cet homme sage et tranquille profitait de ses quelques heures diurnes pour observer la nature. C'est lui qui m'a transmis, sans que j'aie eu le temps de lui dire, cette capacité à observer. Ecouter. Nostalgique, il regrettait ce temps où l'on écoutait la sagesse des anciens. Lors du remembrement, il avait protesté contre les décisions du conseil municipal, arguant que les décisions allaient à l'encontre des intérêts de la nature et de l'homme. « Pourquoi pensez-vous que les vieux avaient planté ces haies, ces bosquets à cet endroit ?! C'est le meilleur barrage contre les vents d'ouest et une digue naturelle pour stopper les pluies et éviter les inondations ! ». En son temps, d'aucuns l'aurait traité de vieux con ! Mais aujourd'hui ?! A l'heure où la terre dégueule notre insolence, notre entêtement, notre égoïsme. A l'heure du bio qui n'est autre que le naturel d'antan, cultivé simplement avec patience, labeur et sagesse…

Ses observations étaient toutes reportées. Il notait chaque jour sur un petit cahier, comme un écolier appliqué, la direction des vents, le temps que le ciel annonçait pour le lendemain : un filet de nuages roses au soleil déclinant annonçait assurément la pluie ; un vol d'oies sauvages présageait l'arrivée prochaine de l'hiver et du froid que les volatiles fuyaient, se dirigeant vers d'autres contrées, plus chaudes, plus hospitalières. A l'orage précédait ce petit frémissement du vent qu'il savait reconnaître ; ces soirs-là, il veillait sur le perron, la chaleur lourde ayant envahi la maison, on retardait le coucher pour profiter du spectacle qui s'annonçait et la fraîcheur qui s'ensuivrait. On quittait alors clandestinement la maison. Il était là, assis, fumant tranquillement le tabac gris qu'il préparait avec soin ; c'était toujours un petit cérémonial, comme un rituel, tant les préparatifs étaient précis et donnaient sans doute aux cigarettes une saveur singulière. C'était une lente et minutieuse préparation des brins de tabac indociles qu'il roulait longuement entre les doigts de ses larges mains expertes. De grosses gouttes de pluie s'écrasaient alors lourdement au sol, formant des petits cratères dans la terre fine et meuble. Ces petits volcans disparaissaient rapidement sous les trombes qui emportaient tout sur leur passage. Tout était tendu : la terre fumait ses odeurs de poussières ; les arbres affolés s'agitaient dans l'obscurité. Au bruissement balancé de ces arbres inquiets, s'ensuivaient les grondements de la foudre, déchaînés. On ne parlait plus. On échangeait des regards inquiets. La tension et la moiteur provoquaient les rires, jusqu'au moment extrême où l'on devait courir et se réfugier sous la grange, heureux d'avoir échappé à un danger imminent ou à un poursuivant imaginaire. J'aimais profondément mon grand-père. Il était de ces hommes simples qui acceptent ce que la vie semble avoir décidé, tracé pour eux. Titulaire du Certificat d'Études, cet homme ordinaire avait soif de savoir ; ses lectures l'évadaient de la rudesse quotidienne dont la seule couleur était celle du minerai.

Je n'ai pas honte de mes racines modestes. Elles m'ont transmis tant de valeurs. Malgré tout, j'ai toujours eu le sentiment d'être à une frontière, entre deux conditions. J'ai grandi loin de la ville et de ses tourments. « Je n'ai jamais été à la mode ! » ! Mais je crois que je confondais ces origines avec mon drame. Comme un trouble. Une ambivalence avec les êtres, mes proches, les autres. Se tromper sur les intentions et les sentiments d'autrui. Comment aurait-il pu en être autrement ?! Je ne pouvais trouver une place. Ma place. Je l'ai cherchée. Longtemps. Vainement. Dans mes activités, professionnelles, artistiques. Dans mes amours. Surtout. Surtout dans mes amours… Trop… Je cherchais une reconnaissance. Une légitimité. Elle ne viendrait pas des autres. Elle n'est jamais venue. Un mal être indéfinissable qui me rendait mélancolique. Souvent.

Importance des mots que je me suis appropriés, comme d'un monde inconnu. A créer. Un univers qui protège. Une imagination fertile. Après les mots qui blessent, les mots qui caressent, qui consolent…

Pourtant… Cette incapacité à surmonter cela… Alors, aujourd'hui que cette petite fille n'est plus, je me dois. Je vais le faire. A sa place. Pour elle. Je me sens tellement redevable envers elle… Si coupable…

… Développer cette capacité d'adaptation et, tenir à distance le sceau définitif de « personne différente » scellé à mon destin, mon statut de dissidente qui ne m'autorisait à ne pas me déterminer dans un groupe, mais à bénéficier des circonstances, pour évoluer, et garder toute indépendance d'esprit : une sorte de méta vision que l'on prête aux contemplatifs. J'avais fait l'expérience des liens apparents, d'amis prétendus, qui m'avaient sacrifiée à leurs jeux, leurs faiblesses, leurs méchancetés. De cet acharnement crétin à dévaloriser ceux qui nous semblent être mieux, ceux qui semblent avoir réussi, ceux qui semblent être à l'aise en toute circonstance ! Ceux-là ne savent pas les manques ; ils envient nos envies, mais ne convoitent pas ce que l'on n'a pas, ce que l'on n'a plus, ce que l'on a perdu. Pour faire partie de leur monde, il faut se déshabiller l'âme, se raconter, s'effeuiller la douleur ! Même un ersatz d'imagination leur interdit d'oser songer, un instant, à ce que peuvent être nos gueules cassées ! On n'apprend pas à se remettre de ces outrages, mais la dignité nous apporte cette résistance de ceux qui en d'autres temps luttaient pour leur survie. La notoriété, peut-être, excuse nos erreurs, notre singularité, met en exergue nos moindres traits : ce qui était défaut devient alors vertu. La liberté rend solitaire mais nous rapproche un peu plus de nous-même, laissant derrière elle son lot d'inutilités, de secondes perdues et nous ouvre des horizons incertains mais prometteurs.

Pourtant, s'il est des liens que l'on dit éternels, nous avions reçu en cadeau cette amitié. Nous étions, il est vrai, au lycée. Pourtant dans mon cœur, cela représente une amitié d'enfant. Un phare qui m'a souvent guidée. Indéfectible, pure, joyeuse, sans détours, généreuse, attentive et réciproque.

… Comment alors ne pas avoir la tentation de reproduire, de rechercher, d'espérer ce lien qui nous unissait ?! C'est la singularité de ce lien qui en fait la richesse ! J'ai eu la naïveté de croire que ce lien fraternel était multiple. Parce qu'on cherche toujours à reproduire un amour, une amitié. C'est inévitable !

« Tout ce que l'on appelle amour — … Il y a bien çà et là, sur la terre, une espèce de continuation de l'amour où ce désir avide que deux personnes ont l'une pour l'autre fait place à un nouveau désir, à une nouvelle avidité, à une soif commune, supérieure, d'un idéal placé au-dessus d'elles : mais qui connaît cet amour ? Qui est-ce qui l'a vécu ? Son véritable nom est amitié. » F. NIETZSCHE

Est-ce pour cette raison que, bien plus tard, dans mes relations, j'ai appris à ne pas faire confiance à mes sentiments, mais à mes intuitions ? C'est moins confortable, mais l'expérience nous prouve souvent que l'on a tort de se fier à nos sens : ils nous trompent. Pour de bonnes ou de mauvaises raisons !

D'un amour déçu, d'une amitié perdue, le désarroi qui prend un temps le pas sur le souvenir n'est que le reflet d'un amour travesti et que l'on investit chez l'autre. Pourtant… Je ne voulais pas vivre au gré des autres, de leurs envies, de leurs rejets, de leurs humeurs. J'ai alors banni, radicalement, définitivement, tout ce que je n'étais pas. Tout ce qui n'était pas moi. Pour devenir, enfin, ce meilleur compagnon, pour moi-même. « Ose devenir qui tu es ». C'est un bon début !…

Nous avions fait connaissance alors que nous étions étudiantes. Françoise fréquentait d'autres étudiants rencontrés au cours de soirées organisées par le lycée. Plus solitaire, j'évoluais au sein d'un petit cercle d'amis. Nous avions commencé à discuter, de plus en plus souvent, puis, se découvrant des valeurs et une sensibilité commune malgré nos différences de caractère, nous avions pris l'habitude de s'appeler régulièrement. Même lorsque nous avions passé toute une journée ensemble, nous ressentions ce besoin de se parler, dans la soirée, pour continuer à tisser cette amitié naissante qui ne cesserait de grandir. Nous apprécions aussi ces instants où l'on ne ressent pas l'obligation de combler les silences par des mots, inutiles, et savons reconnaître ces moments de paix pendant lesquels la vie s'écrit aussi. Parce que cette relation existe aussi dans ce qui ne se dit pas. Aussi, lorsque nous étions dans l'impossibilité de se voir, cette amitié se nourrissait de l'idée que l'autre, où qu'elle fut, pensait à son amie. Un lien indéfectible.

Le confinement n'a pas de prise sur moi. Pas d'emprise. Nous traversons une crise. Je viens d'affronter une crise. Seule. Isolée. Dans ma douleur. Cette souffrance, chevillée au corps et à l'âme, nuit et jour. Un temps nécessaire où tout s'arrête. Tout s'éteint. Dans le noir. Sans horizon. L'esprit comme en prison. Citadelle imprenable. Avoir perdu tant. Pour mieux retrouver. Se trouver.

L'espoir de se reconstruire, à l'image de ces arbres majestueux, solidement ancrés sur leur base. Un chêne. La solitude, si elle mauvaise conseillère, parfois, guide ma renaissance. L'océan me parle toujours. Océan, semblable à ces grandes étendues désertiques, que seuls quelques hommes peuvent affronter dans leur solitude. Car vivre, c'est aussi créer un monde qui n'existe pas ; c'est douter, souvent ; c'est quelquefois mentir. Bouclier. L'essentiel étant de ne pas se mentir à soi-même.

La solitude ne me fait pas peur.

Cette trahison d'amour m'a fait du bien. M'a fait du mal. M'a fait mal jusqu'au plus profond de mes entrailles. Jusque dans les abysses de mon âme. M'a construite, déconstruite, pour avancer.

« On avance, on avance, on avance… faut pas qu'on réfléchisse ni qu'on pense… », dit le chanteur.

En chinois, le sinogramme « crise » représente deux choses : « danger » ; le premier sinogramme représente un homme au bord du précipice, mais « opportunité » également… Soit le caractère favorable que peut représenter une crise !

Solitude

Apprendre à mettre les gêneurs à distance. Au risque de paraître superficielle parfois, derrière le sourire, la meilleure parade que j'avais trouvée, je n'hésitais pas à couper court par une pirouette aux questions trop pressantes dont l'impudeur est plus inconvenante que celle d'un corps nu. M'étais affranchie des obligations que l'on se créé vis-à-vis de ses semblables. Solitude indispensable, fondatrice, qui nous élève ! Je me plaisais à dire, à qui pouvait l'entendre, qu'il était aisé de se passer de la présence de n'importe qui – la mienne propre y compris ! Je revendique cette liberté que d'aucuns s'approprient, comme pour mieux nous « à part tenir » ! S'appartenir sans appartenir !…

J'avais compris que ce qui m'avait été ôté, comme un membre atrophié, serait une chance : la possibilité de puiser dans la souffrance cette force. Parce que l'on s'enrichit de ce que l'on a perdu. J'ai eu, très tôt, ce sentiment de solitude. Alors que l'enfance doit pouvoir nous éveiller aux autres et que la plus grande crainte d'un enfant est bien celle d'être délaissé et de ne plus être aimé, j'avais intégré, inconsciemment, que l'on est seul, le plus souvent… Pour être acceptée, j'avais endossé, un temps, le rôle du personnage parfait, pour se fondre dans la masse, appartenir à un groupe, dans la cour d'école. Il faut redoubler d'imagination pour se voir autorisé à participer à ces jeux enfantins, pour tenter d'expliquer son monde intérieur, comme une justification. Se faire accroire que l'on est obligé d'entretenir un lien qui n'existe pas, parce que l'autre ne donne pas, ne veut rien donner, ne peut pas donner ! C'est se corrompre ! Comme si l'on pouvait allumer un feu avec des brindilles mouillées ! C'est inutile et épuisant ! L'idéalisation, l'amour d'une icône, nous conduit inexorablement à se tromper sur les intentions de nos idoles. Comment pouvoir prétendre connaître l'autre, quand bien même les mots que nous utilisons ne peuvent répondre chez lui qu'à sa propre subjectivité ?! L'essentiel est au-delà des mots, au-delà de nos apparences. C'est sans doute cette incommunicabilité qui marque la frontière. Frontière que je me suis souvent autorisée, obstinément, à dépasser. Pour vivre. Donner l'illusion d'une vie. D'un chemin. Quel manque de lucidité. Ha ! Nos chères contradictions ! Nos déceptions ne sont-elles pas à la hauteur de notre investissement, à l'image de nos projections ?! De nos adorations ?! Mon rapport à autrui, aux hommes, était forcément brouillé…. Torturé. Faussé.

En cette période de chaos, je me sens en osmose avec le monde. C'est une bombe à retardement. La mienne va t'exploser à la gueule ! J'ai eu quelques signes avant-coureurs. Ce qui a déclenché ?! Maux de ventre à répétition. Plus violents. Depuis un an. Crises de moins en moins espacées. Estomac en vrac. Ces derniers mois, voir son visage partout. Au volant des voitures. Comme une obsession qui me rattrapait sans le savoir. Le corps veut arrêter de mentir. La peur que ces maux ne déclenchent une déchéance. Irréversible. Comme une évidence qu'il faut dire. Maintenant. Dernier rempart. L'estomac. Les mots des maux. Un goût amer dans la bouche. Ne plus pouvoir manger. Il est temps de vomir cette infamie. Un sommeil agité. Le corps, cette formidable machine humaine, a pris le parti de frapper fort. Une alerte. Être estomaqué. Le poison doit sortir et moi seule en connaît l'antidote.

Santé

La grande santé. – « … Nous autres hommes nouveaux, innommés, difficiles à comprendre, précurseurs d'un avenir encore non démontré – nous avons besoin, pour une fin nouvelle, d'un moyen nouveau, je veux dire d'une nouvelle santé, d'une santé plus vigoureuse, plus aiguë, plus endurante, plus intrépide et plus joyeuse que ne furent jusqu'à présent toutes les santés. » F. NIETZSCHE.

J'avais expérimenté, à plusieurs reprises, ce que je croyais alors être le passage vers le néant : le diagnostic médical de crises de panique avait répondu, froidement, à ma souffrance. Ce dysfonctionnement mécanique s'était insidieusement installé dans mon quotidien. Le premier acte s'était joué pendant la nuit ; des palpitations m'avaient brutalement tirée du sommeil : chaleur irradiant tout le corps, respiration haletante, étau se resserrant sur la poitrine, le cœur qui s'emballe, engourdissement des membres supérieurs. La cage thoracique va exploser ! Ce cœur trop grand, pourtant alerte et qui bat, va calancher. Il prend le contrôle du corps et de l'esprit. Ces séances écrasantes, qui me terrassaient, me laissaient inerte, épuisée, tel un naufragé violenté par la lame se perdant dans des fonds abyssins. A force de courage, de volonté, de ruse aussi, j'avais fini par dompter cet avant-goût du trépas. L'âme qui domine le corps, la vie qui reprend ses droits. Je me laissais apprivoiser par la vie. La mer me rejetait, échouée, vomie de son ventre, sur le rivage.

Cette crise qui nous oblige au confinement doit nous sortir grandis. La quintessence. C'est mon équivalence.

Bien sûr, il aurait pu y avoir vengeance, procédures, procès, plaintes, confrontations. Autant de peurs à affronter. Encore. Et puis, cela ne m'apporterait rien. Je veux « juste » que l'on sache qui tu es. Ce que tu as fait. Que tu as construit une gentille petite famille aux yeux de tous. Cette famille, que tu as fini par détruire aussi. C'est de la merde ! Cela ne compte pas. Cela ne représente rien à mes yeux. Cela ne m'impressionne plus. Finie ta respectabilité. Dans ton village. Natal aussi. Sur ton lieu de travail. Aux yeux de tes enfants…

Combien de fois encore, pour dissimuler ai-je hésité, reculé, pour ne pas faire de mal. Pour ne pas trahir. Mais merde !… Quand je vois des faits divers à la télévision, je me dis que tu pourrais être derrière des barreaux. Salir encore ? Non, cela ne m'intéresse pas ! Mais je ne veux plus me taire ! Ils finiront par savoir. Qui tu es…

Oui, seule, avec les autres. Mais cette singulière amitié ! « Peut-être que le monde il est pas fait pour tout le monde ». S'il est des endroits qui ne veulent pas de nous, j'ai longtemps trouvé refuge sur ce petit bout de terre perdu sur l'océan. Comme une terre d'exil.

Oui la mer. L'eau. L'océan.

J'éprouvais alors comme un besoin, urgent, de faire partie de cette famille-là : j'enviais leur calme, leurs complicités, la tendresse de leurs gestes. Appartenir ! Se sentir appartenir ! Mais l'étranger se doit de respecter l'usage avant son éventuelle intégration ; il doit déchiffrer les signes, trouver les codes comme pour un examen de passage. Je n'avais pas encore trouvé ma terre d'exil.

Je revendiquais pourtant mon appartenance à cette terre qui m'accueillait toujours. Touriste ?! Non ! Voyageur ?! Dissident ! Belle-Ile-en-Mer n'échappe à cet assaut ! Étés de plus en plus caniculaires au cours desquels les touristes affluaient toujours plus nombreux en Bretagne, recherchant la fraîcheur des bords de mer. En période hivernale – ma préférée là-bas – l'île est à elle-même, à ses gardiens.

Comme aujourd'hui, comme elle, cette terre libre, je me sens libre de raconter.

Sur le bateau, quittant Quiberon, le vent cinglait mes joues et mes cheveux volaient en tourbillon autour de mon visage. Un sentiment de liberté s'était emparé de mon être. Une vitalité nouvelle courait dans mon sang. Tout vibrait. Je ne préparais pas ces escapades insulaires comme on projette plusieurs mois à l'avance un séjour, organisé, planifié. Je prenais la route en début d'après-midi, me délectant de n'avoir pas établi d'itinéraire. J'aimais cette impression de me sentir égarée ! Et la sensation de croire que l'on a le pouvoir sur le temps !

Au contact de ces gens, je ressentais la personnalité de ceux à qui la proximité de la mer donne ce tempérament volontaire. Comme en cadeau. Ils ont le caractère de leur terre, des éléments qui les entourent : entiers, méfiants aussi, mystérieux quelquefois ; cette authenticité de ceux qui cohabitent avec l'océan. Ici, on ne peut pas tricher : vivre sur une île, c'est côtoyer les éléments et apprendre l'humilité. Je cherchais mon identité à travers eux. Mon sang breton. Du nord Bretagne lui. Paternel.

La mort

Ce fut un jour pour lui ; un jour de neige. Elle avait tapissé les champs et recouvert les toits du village. Elle avait commencé son œuvre dès le matin et avait accompagné le cortège pour cesser lorsque le convoi déposa son fardeau dans la petite église glacée. Ce tapis d'honneur donnant aux événements un goût d'irréel calfeutrait tout, cachait la peine qui grondait. La température basse momifiait les corps. Quelques curieux étaient là depuis l'aube sans doute pour voir le chagrin qui se lirait sur les visages. Digne, il l'avait été durant toute son existence ; c'est bien là la seule défense qu'il nous reste en de telles circonstances. Je lui devais bien cela. L'hommage qui lui fut rendu et la cérémonie religieuse avaient été sobres. On redoute le zèle d'un prêtre se croyant obligé d'encenser ses morts. Pendant la bénédiction, un rayon de soleil avait illuminé sa dernière « demeure ». Cette image, presque fantasmagorique, du soleil à travers les vitraux, me poursuivit. Longtemps. Après la mise en terre. La mort brutale, inattendue, de mon père fut un tsunami, achevant de ravager ma vie. Un abandon. Seule face aux autres. Définitivement. J'avais 28 ans. Solitude de petite fille…

J'étais sur l'île, venant me ressourcer de ces forces-là. Je n'aurais de cesse de découvrir cette terre qui m'était apparue comme une réponse à ma détresse, où le désœuvrement avait envahi le quotidien des dernières années. De ces instants singuliers où l'essentiel nous anime, petits riens de l'existence ! Je conçois que d'aucuns n'aient plus cette énergie ! L'envie de vivre !

Dès que j'embarquais, mon esprit se libérait des contraintes, et le temps perdait alors toute importance. Je quittai le continent. Un monde. J'y laissais derrière moi son lot de tracas. Pour un temps. Une pause. Comme un répit. Un port d'attache. Trop pesant. Et que l'on quitte.

Comme un trop plein d'émotions, une nouvelle page qui s'écrit, les larmes brouillaient ma vue. De petits sanglots m'avaient secouée, doucement. Cet environnement, véritable catalyseur, avait favorisé ce frémissement. Je savourais ces brefs instants et n'avais pas cherché à refouler les émotions. Trop longtemps contenues. Je sentais la vie revenir en moi. Me sentais exister, vibrer. La vue des côtes déchirées de l'île ! La pointe des Poulains ! Immanquablement ! Majestueusement ! Qui livrait bataille perpétuellement avec les eaux, ajoutaient à mon sentiment de plénitude. Ce petit coin de terre perdu entre le vieux continent et l'Amérique où j'aimais à séjourner : que pouvait-il m'apporter ?!

Ici, c'est un endroit où l'on se sent chez soi. Ici, c'est un territoire où l'on se sent en harmonie avec soi-même dans la douceur, alors que d'autres endroits nous sont inhospitaliers, que d'autres lieux nous agressent et ne veulent pas de nous, ne sont pas fait pour nous !

Là-bas, les choses sont simples et le temps passe au rythme des marées, des liaisons entre l'île et le continent. Les gens sont simples aussi et la vie sur l'île ne laisse guère d'occasions pour imaginer ; le rêve, c'est ici, chaque jour : profiter de ce que l'île apporte de joies, de rencontres, de drames aussi parfois, comme partout ailleurs…

Spécial dédicaces

A toi qui m'as bafouée. A toi qui m'as maltraitée. A toi qui m'as insultée. A toi qui m'as blessée. A toi qui m'as martyrisée. A toi qui m'as jugée comme un être faible. A toi qui m'as niée. A toi encore, qui m'as laissée tomber. A toi qui m'as dénigrée… « Paris blessée !… » … A toi encore, avec tes grands airs, tes grandes phrases que tu nous sers comme des grosses tartines de confiture, indigestes, qui te sens supérieure. Hypocrisies. L'hypocrisie est un hommage que le vice rend à la vertu dit Monsieur de La Rochefoucauld. Un grand merci ! A tous…

Au-delà d'un manque de confiance, je n'avais pas de certitudes sur les questions existentielles. Comme leurs noms l'indiquent, elles restent questions. Le propre du philosophe, dit le philosophe, n'est-il pas de les poser ?! Une sagesse… Comme il était facile alors de l'associer à un manque de convictions, de personnalité ! Ils me renvoyaient leurs doutes, leurs peurs en exprimant leurs certitudes, leurs vérités, leurs contradictions. Qu'il était rassurant de m'avoir pour échelle de comparaison !

Contre les louangeurs. – A. : « On n'est loué que par ses pareils ! » – B. : « Oui ! Et celui qui te loue te dit : tu es de mes pareils ! » F. NIETZSCHE.

En cette période de confinement, tout le monde a peur. De la solitude. De se retrouver, seul, face à son conjoint. Moi ?! C'est tout le contraire ! Je ne peux plus reculer. Il va falloir que l'on s'explique maintenant toi et moi. Et que je te règle ton compte. Définitivement.

Cet écrit aurait pu prendre la forme d'un roman. D'une nouvelle. Encore pour cacher, j'aurais utilisé des subterfuges, des circonvolutions, des symboles, des images. Romancer. Utiliser l'humour. L'humour ? Avec le sourire ! C'étaient bien mes seules parades pendant toutes ces années. Utiliser des figures littéraires pour essayer de dire. Ou bien encore faire référence à la pensée philosophique et leurs auteurs qui me sont si chers.

La peur de ne pas trouver les mots justes, pour raconter.

Comment écrire ? Comment organiser sa pensée, son écriture ? Ecrire Je ? Faire narration par une tierce personne ?!…

Il y a une création dans le geste de la main. Le geste de l'écriture. Mon écriture est plus assurée, plus régulière, plus adulte. Aboutie. Confiante. J'aime le contact du stylo. Il est charnel. Comme celui, physique, que l'on a avec les 33T. J'aime la musique. Toutes les musiques ! Comme une douceur. Survie.

Ecrire le soir c'est… Un rendez-vous avec moi-même. Les mots. Les images. L'imaginaire. Construire une histoire, à défaut de vivre une vie satisfaisante.

Oui la Terre est en colère
comme Belle-Île sait l'être

Parce qu'une île nous révèle à nos contradictions dont l'océan se fait le lien. L'océan dont on prend tout : le bon comme le mauvais. La violence ou la beauté. La mer est le reflet de notre âme ; elle nous dévoile à nous-mêmes, à notre face cachée. Elle nous met face à notre rébellion, refoulée par la peur d'être confronté à ce que cachent nos boucliers, cette violence tapie. Cette angoisse d'être rejeté, esseulé et pour laquelle nous trahissons nos rêves, travestissons ce que nous pourrions devenir. Alors, nos paradoxes nous rattrapent comme le sentiment amoureux nous détourne de nos lignes de vie, nous égare ; nos règles se brisent pour faire place au besoin urgent, violent, de se sentir exister dans le regard de l'autre. L'océan nous bat, nous rejette, nous malmène. Avec l'expérience emprunte de la sagesse des pêcheurs qui savent respecter l'océan et ne se jouent pas de lui, notre esprit revêt alors un filtre, comme le chercheur d'or utilise un tamis pour ne conserver que les pépites, rares. Précieuses… La mer brise alors ce que l'on a érigé, mis tant d'années à fortifier.

Oui seule mais avec les autres. Et puis on m'a tendu la main aussi. Ce qui est indiscutable, c'est qu'elle m'a ouvert sa porte, accueillie dans sa maison, sa solitude. Nous partagions des conversations, des heures de soleil, de lumières, sur la terrasse fleurie. Des moments d'émotions intenses. D'intimités écorchées. Les miennes plus récentes construites sur le passé, sur un mensonge…

Dans mes jeunesses, j'entrevoyais une possibilité d'investir un engagement en accord avec mes valeurs. Dès l'enfance, je me suis sentie très concernée lorsqu'en primaire, mes instituteurs nous sollicitaient, qui pour une collecte de jouets pour les plus démunis à l'approche de Noël, qui, lorsque j'étais étudiante, pour consacrer un peu de temps aux enfants en difficulté scolaire. Plus tard, mes divers engagements ont toujours été guidés par ce même élan basé sur le partage qui, au fil du temps, s'était comme tari, aidé en cela par la cadence infernale du quotidien où notre énergie se consume à l'avantage du culte de notre propre personne ! Les réalités économiques nous conduisent parfois à refroidir les élans du cœur. Voilà en clair ce qui se cache derrière le mot adaptabilité, qualité indispensable, sinon vitale à la condition de survie en entreprise, milieu parfois hostile. Derrière cette réalité sociétale, se cachait une perte d'énergie, un manque de reconnaissance, une fragilité que je cachais aux yeux de tous. Au fond de moi. Je voulais, en prenant soin des autres, mes peurs, mes angoisses, effacer les chagrins encore. Au plus profond de moi.

Puis, j'ai mis cette énergie au sein de ma famille, après le décès de mon père. Nous sommes trois enfants dans la fratrie. Je suis la dernière. Qui a dit que les « petits » derniers sont les chouchous ?! Qui a dit que les « petits » derniers sont épargnés, préservés ??!!…N'y voyez là aucune comptabilité de ma part. Des années durant, j'ai endossé bien trop de responsabilités pour une seule personne. Pour une personne seule. J'ai toujours senti le poids des responsabilités portant sur mes épaules. Depuis toujours.

Je m'occupais des autres pour ne pas avoir à m'occuper avec moi-même. Je m'épuisais. Ma santé. Eprouvais mon état de santé. Je déclinais.

Alors que j'avais grandi avec le concept inconscient du soit forte, bats-toi, fais efforts. Oh j'ai fait tant d'efforts, j'ai été très forte aussi… Bats-toi : c'est très violent. Avais-je des raisons de me battre, physiquement au sens littéral du terme ? De me faire souffrir par conséquent ? De me punir ?
Je le réalise maintenant, alors que « mon handicap » avait toujours été ce qui m'avait aidée à me singulariser, m'avait obligée à mobiliser mon énergie, était le fondement de mon existence en

quelque sorte, un départ manqué certes, mais qui avait largement contribué à me forger, sinon un caractère combatif. Je voulais tout simplement vivre. Enfin. Être heureuse.

Au-delà de ces moments, vides, hors du temps, presque irréels et que je devais revivre, une fois encore, je redoutais plus encore les souvenirs heureux et les autres qui ne manquent pas de nous assaillir pour un retour au passé, vers l'enfance. La mort de nos proches arrête le fil de l'histoire ; elle brise en un instant tout ce que nous avons construit pendant de longues années. Nous redevenons l'enfant qui ne sait pas la mort, qui construit sa vie dans un sentiment d'éternité. La mort dérange nos plans ! Elle ne fait pas partie du scénario ! Se préparer à mourir ?! Quel programme ! Il n'y a pas de guide pour cela ! Demandez le petit manuel de la mort ! Nous improvisons, nous adaptons, nous questionnons mais nous n'acceptons pas ! Comment admettre la mort de l'autre quand nous voulons ignorer le moment de notre propre trépas ?!

Parce que, malgré tout, je ne voulais pas mourir. Y avais-je quelquefois songé ?!…

Ce retour à l'enfance est-il une seconde chance qui s'offre à nous ? Retour ou régression où l'on refait le parcours ? Sentiment de s'être trompé, d'avoir dévié pour revenir à ce que l'on est ? Ce retour inespéré à l'enfance où se confondent parfois les souvenirs et la nostalgie du possible !

Néanmoins, je ne me suis jamais engagée, pour une cause en tout cas. Pour les êtres oui. Je ne me définis pas comme féministe. Pas dans le sens revendicatif. Je me sens en connexion avec d'aucunes de mes contemporaines, quand une qualité, une beauté, une singularité, une façon d'être, de réfléchir, un univers, me séduit. Je voulais ressembler à toutes ses femmes fortes, belles dans leurs convictions, leurs contradictions aussi qui me rassuraient dans les miennes. J'aime les Mylène Demongeot, les Isabelle Adjani, pour ne parler que des femmes connues, les actrices… Simone Weil. Romy Schneider… Saisir l'essence des êtres. Sourire enfantin et sensuel à la fois illuminant le visage ; non, pas un sourire, ni la beauté pure ! Un visage rayonnant de douceur, un regard qui englobe tout, un regard dont on s'enroule comme on se love au creux d'une épaule, un regard qui inonde tout ! Mais moi, la petite main. Moi je ne vaux rien. Je suis à la botte de tous ces gens qui se foutent bien de ce que je peux ressentir, de ce qui se vit en dedans de moi. Forteresse ou bien regardez-moi enfin ?! Il y avait un tel décalage entre ce que je donnais à voir et qui je suis, qui je voulais être ! Mon univers : les mots toujours les mots, même les bons mots pour faire rire, pour détourner l'attention de moi.

Femme enfant ?!... Je crois avoir conservé de l'enfance cette capacité d'émerveillement. Malgré tout.

J'ai été étonnée, l'autre jour, en revoyant son « dernier album ». Regardez-le : certes, il n'avait que 33 ans. Regardez ses traits : on dirait un adolescent. Est-ce parce qu'il avait cette authenticité en lui, cette vérité, cette faculté à ressentir l'autre, à partager, à rassembler, à combattre, à cacher ses failles aussi ?!... Non, je ne suis pas aigrie. Mon visage, encore poupon à 50 ans, ne porte pas de stigmates...Monsieur Daniel Balavoine est la personne qui m'a le plus impressionnée : par son humanisme, ses engagements, son humour, sa sincérité, sa pudeur, sa gentillesse, ses coups de gueules, son manque de confiance...

Les femmes seules, dans toute société, toutes les civilisations, n'ont pas bonne presse ! Au temps Pharaoniques, elles étaient déjà mises à l'écart ! On se méfiait d'elles, car elles étaient des rivales potentielles ! Croyez-vous que notre civilisation, dite avancée, ait véritablement évolué sur ce point ?! » Les « non mariés » n'ont pas de livret de famille, mais celui de leurs parents : ils se définissent par rapport à leurs géniteurs et son considérés comme « l'enfant de ». De même que la femme veuve se définit par rapport à son défunt mari»...

Consciente des enjeux, comme un observateur trop lucide de lui-même ? On pourrait pousser la plaisanterie et dire que vivre seul est un luxe : supplément pour une chambre d'hôtel comme on paye un surplus pour un met que ne figure pas sur la carte. Venez, nous allons vous faire payer le fait d'être seul !

Être féministe, c'est se sentir en connexion avec d'autres femmes. Se sentir proche en convictions. Loin des jalousies imbéciles. Cela ne consiste pas non plus au rejet du sujet homme. Une autre amitié qui s'était révélée être tronquée, s'était montrée sous la lumière de la jalousie. De l'envie. Il me semble que cette relation qui devenait de plus en plus toxique a fait partie du début du processus. Les mois précédents, j'avais essuyé, sans broncher, des réflexions, des attitudes inhabituelles, par indulgence. Par amitié. Ou par connerie !!…Tout simplement. Comme je n'accédais plus à ses demandes, à ses caprices d'enfant gâtée, elle était venue m'affronter chez moi, sous un prétexte fallacieux, pour duper, manipuler, culpabiliser. Cette visite, assortie d'un mail cousu de reproches, avait été l'occasion de poser, enfin, des limites. Bien sûr, nous sommes tous faillibles et des excuses auraient été acceptées…

J'ai revu au cinéma *Jalouse* avec la pétillante Karine Viard. Avant d'avoir réglé ses problèmes internes liés à son histoire familiale, elle va jusqu'à attenter à la vie de sa fille en intégrant au repas familial un ingrédient auquel sa fille est allergique. Où est la limite ?

Alain Souchon nous a parlé lors du dernier concert, juste avant le confinement. J'étais avec Françoise. Lui aussi il a tellement d'humour. Il a sa façon à lui de nous parler. De nous toucher. Il dit *« qu'il y a les méchants qui bougonnent mais qui sont peut-être pas vraiment méchants ; et puis il y a les gentils qui sont là et qui sourient, mais en vrai c'est peut-être pas des vrais gentils. Et puis il y a Laurent Voulzy… Lui vous voyez il a l'air gentil… Ben, il est gentil… »* … Mon amitié avec Françoise m'a sauvée. Mes amitiés avec ces artistes là aussi…

Ce fut le début de la déconstruction. Avant le temps de la construction.

Non. Moi une femme à laquelle je voudrais ressembler. Flora Groult.

Mais ce n'est pas seulement cela. C'est un humanisme ! Une capacité à reconnaitre chez l'autre son intelligence, son humanité !

Mais il me faut apprendre à connaître ce nouveau moi-même. A l'apprivoiser, à l'aimer. A tester ses limites. Grisant. Découvrir ses potentiels. Se réaliser. Donner en partage. Je n'ai jamais eu de rêve de pouvoir sur l'autre. Pas consciemment en tout cas. Ce n'est pas effrayant. Il faut trouver la bonne place, la juste mesure et la bonne distance.

Parce qu'il me fallait taire. Taire le secret. Dans ma rigidité apparente en lutte avec ma gaité intérieure. Comme une intégrité.

Les autres ?! Ils ne sont ni mieux, ni moins bien. Finalement !…

CES ÂMES INCERTAINES…[1]
Ces âmes incertaines[…]
Tout leur honneur est un supplice,
Leurs louanges couvrent de honte
[…]
Qu'ils m'injurient avec courage
En me tournant le dos !
Ces yeux suppliants et égarés
Sans cesse se tromperont sur moi.

On me jugeait comme une personne instable. Il faut toujours douter de tout dit le philosophe. J'admire ceux qui savent, qui choisissent, dès la fin de l'adolescence, une vie, une profession, une voie à suivre. Comme peut-on avoir des certitudes à 20 ans ?! A moins d'être un génie. D'avoir un don. Ou suivre le troupeau.

Moi, j'étais dans un lâcher prise salutaire, nécessaire, salvateur. C'est un mot à la mode, galvaudé. Quand on ne le vit pas, il reste concept à l'état pur.

---

1   F. Nietzsche. *Le gai savoir.*

Confinement

En ce confinement, la nature reprend ses droits. En ville, on entend les chants des oiseaux et autre pic vert. Il y a moins de déplacements. Moins de pollutions. Un voile se lève. On retrouve une certaine courtoisie dans l'échange. La vérité n'est pas loin.

Un état de siège comme un état de grâce.

Comme retrouver la bonne distance avec chaque chose ! Je suis seule dans mon appartement. Eloignée de ma famille. C'est un mal nécessaire. Je n'ai pas de manque physique. Ce n'est pas un hasard. Il fallait que cela se passe maintenant.

Prendre son temps. Montaigne préconise de laisser passer du temps pour répondre à son courrier. Recommande même d'attendre quelques jours ! Le temps ? Un luxe ! Prendre le temps, c'est prendre soin d'autrui.

Comme une introspection nécessaire.

Parce que je dois vous dire…

Je suis dans ma prison. Dans un cul de sac. La solution ne va pas venir de l'extérieur. La clé est en moi. Tant que je ne l'ai pas trouvée, je suis condamnée à ne pas sortir.

Ce que des situations pouvaient me renvoyer de violent, d'indécent, à la gueule, comme une cocotte-minute qui vous explose à la tronche !

La condescendance de ceux qui croient vous connaître, vous cerner, alors que vous même ne savez même pas qui vous êtes réellement. Ils vous dominent par leur suffisance, leur « miellerie ». Ils croient vous être supérieur parce qu'ils ont intégré un système pour se donner une vie.

Pour qui elle se prend celle-là avec ses grands mots, ses grands airs ? Comme il y aurait une grande musique !… Qu'a-t-elle raté ? Dans les deux cas, j'étais perdante. J'étais perdue.

Je comprends maintenant tous ces moments, alors petite fille, de détresse, d'errance, de folies parfois, pendant lesquels je prenais comme un plaisir à me dénigrer vis-à-vis des autres qui me le rendaient bien ! J'allais jusqu'à la limite de l'insupportable. Je n'avais qu'à effleurer cette partie de mon cerveau pour me salir, penser, repenser à toute cette noirceur qui semblait venir de moi. J'éprouvais presque du plaisir comme les poètes dans leur création ont besoin de se déchirer l'âme. Dans les meilleurs moments, ou pour compenser et rééquilibrer la pulsion de vie, je rêvais, selon le même processus que j'appliquais. Je croyais alors à mes douces pensées, d'un quelque chose qui arriverait pour me libérer, me sauver. Je finissais par m'endormir dans mes douceurs, avant que mes frayeurs ne me réveillent. Je demandais, comme en prière, dans mes demi sommeils, que l'on vienne reprendre ma vie. Je n'avais pas d'autres courages. Moi. Petite fille.

J'ai conservé les deux aujourd'hui. Une légèreté, une rêverie, un sens exacerbé des responsabilités que l'on prenait sans doute pour du zèle. Ces deux tendances s'inversent. Je ne me sens plus responsable de tout. Les dernières épreuves m'ont aidée à tendre vers l'optimisme.

Belle Ile peut donc être en colère. La terre actuellement est en colère. Moi aussi je suis en colère !

La nature reprend ses droits et les animaux reprennent les territoires laissés provisoirement libres par l'homme. Les éléphants qui continuent d'emprunter les mêmes pistes depuis des millénaires à l'endroit où des habitations ont pris place et l'on s'en étonne !! Comme si c'étaient les éléphants qui avaient pris la place de l'homme. On marche sur la tête ! Pauvres cons !

Ai-je si bien caché ? Ne montrons-nous pas si bien tout ce que nous voulons cacher ?!

Qui ne sait pas d'où il vient
ne sait pas où il va

La grippe de Hong Kong en 1969, contexte où toutes les nations sont occupées, qui le regard tourné vers les jeux olympiques, qui les premiers pas sur la lune, les élections en France après le départ du Général, intérim et élection Pompidou. Election de Nixon aux US qui fait rapatrier les GI du Vietnam qui vont rapporter cette grippe dans leurs valises. Tout cela est passé inaperçu. Qui s'en souvient ? Bien sûr, on parle de la grippe espagnole, mais ce n'est pas comparable dans le contexte. Une vie n'a sans doute pas plus de poids aujourd'hui mais la mort fait plus de bruit – par sa couverture médiatique. Il y aura peu de changement dans les comportements après confinement. Cela restera pelliculaire.

Mais le corona virus alors ?! Qui s'en souviendra pourrait-on dire ! Sauf que là, c'est une crise mondiale. La pandémie touche tous les peuples. S'abat sur les plus faibles en premier lieu, comme à chaque crise. Alors qui peut l'ignorer ? Qui pourra faire semblant d'avoir oublié ? Encore toi ?! Combien de temps aurais-tu pu tenir et continuer à nier ?!…

Marcher à Belle Ile. Marcher sur les chemins de mon enfance dans cette campagne. Permet de décanter au compte-goutte tout ce qui revient en mémoire avant qu'elle ne s'en aille pour graver dans le papier. Comme un ultime retour en arrière. Avoir une autre lecture. Différente. Après, je sais que je n'en reparlerai plus jamais.

Ressembler à tant d'autres qu'à moi-même pendant tout ce temps où je me cherchais. En attendant. La peur de s'affirmer. La volonté d'être quelqu'un. Autre. Comme avant, mais différente. A défaut de combler cela auprès d'un compagnon qui fut digne de toutes ces errances, je cherchais un temps une identité professionnelle dans un métier qui me semblait raccord avec moi. Dans un processus de réparation. Par un phénomène de mimétisme inconscient, je m'identifiais, comme les adolescents projettent sur leurs idoles.

J'avais beaucoup projeté, comme je l'avais souvent fait, comme une identification. Depuis, j'ai traversé des crises, qui m'ont parfois réduite à vivre de peu. Cela m'a rendu service. Je n'ai jamais été matérialiste. J'ai la plupart du temps vécu dans un confort ; je ne dis pas que je ne sais pas apprécier les belles choses. J'ai même un goût certain pour le beau, le raffiné, même. On me dit que je tiens cela du côté paternel, de nobles qui portaient particule… Peut-être… Posséder n'est pas une fin pour moi. Les objets ont plutôt une valeur sentimentale. Je ne me suis pas laissée envahir par les biens, jamais laissée tenter par les gadgets high tech. Je ne me sens pas du tout à contre-courant dans cette société où la nature est en train de nous lancer de grands messages d'avertissement pour cesser enfin cette consommation à outrance qui pollue tout. Je me suis toujours sentie en osmose avec la nature. En décalage, je n'osais pas l'affirmer, car je me vivais démodée. Il semblerait pourtant aujourd'hui qu'est à la mode ce qui est démodé. Alors ?!…

Aujourd'hui, on a l'impression de découvrir, d'inventer des concepts qui portent des noms savants, des anglicismes, souvent. Cela ne trompe personne. J'ai vu tout cela chez mes grands-parents. Les gens de la terre sont des gens de bon sens. Ils ont un sens aigu de l'observation. Comme une expérimentation que nous avons délaissée. J'y suis restée fidèle. Comme la fidélité à l'autre. A l'amitié.

Nous étions si proches, à l'instar de ces couples mythiques qui, par un phénomène de mimétisme, finissent par se ressembler, qu'on nous prenait souvent pour sœurs. Cette complicité faisait des envieux. Interdit de séjour face à cette force dans le partage, notre entourage pouvait se sentir exclu de cette union sacrée.

Ici, il faut attendre trois ou quatre jours pour se défaire de ses habitudes continentales. Le temps est rythmé par le soleil, la lumière. Le vent nous façonne ; il suffit de marcher le long de la côte pour savoir que lui seul ici nous donne d'abord à lutter de tout notre corps ; la terre aussi malmène nos pieds : on ressent le sol, toute la terre sur toute la surface de la voûte plantaire comme des primates, pour une meilleure communication avec la terre. Tous nos muscles se révèlent à nous. Nos mollets, nos hanches, notre dos. Et la position haute de la tête ! Nous regardons droit devant. L'horizon. Il faut trouver l'équilibre, à l'image du chanteur qui fait son travail de lutherie : il ajuste son corps, son instrument pour mieux le faire vibrer, le sentir, le faire résonner au plus profond de ses émotions. Être en communion avec les éléments et à son être tout entier. Les visages sont aussi burinés par le vent, les pluies, les tempêtes. Les sillons des visages, tels une pomme flétrie. Les paysages façonnent les corps. Le terrain, les vallons cassent nos rectitudes, travaillent notre matière, remodèlent nos formes ». Une communion. Une harmonie.

Il n'y a qu'à Belle ile que je pouvais me reconnecter à l'essentiel. Reprendre un souffle.

Quand j'étais gavée de tant de questions en suspens, Belle Ile m'accueillait pour faire le vide. Le plein.

J'ai exploré tant de pistes. Toutes fausses. Erronées. Tronquées. J'observais.

La première fois sur une île...

A Palais, sur le quai Bonnelle, on peut observer l'activité grouillante qui règne ici à l'arrivée des bateaux déversant de la gueule des cales le ravitaillement journalier sans lequel l'île ne peut subsister. L'eau plate et silencieuse du port portait quelques petits bateaux de pêche voisinant avec les quelques yachts de plaisance qui stationnaient dans l'enceinte du port, protégés par les môles, comme deux bras protecteurs. Leurs propriétaires sirotaient en terrasse, les canots attendant sur le Quai Vauban. Des mouettes effrontées mendiaient, à la recherche de quelques reliefs parmi les détritus domestiques que déchargeaient les plaisanciers durant l'escale. Au large, un chalutier entraînant d'autres goélands dans son sillon.

Afin de prendre contact avec l'île, j'avais sillonné les routes, un peu au hasard, et mon envie m'avait menée jusqu'aux Aiguilles de Port Coton. Conduire à la tombée du jour, vitres ouvertes, me permettait de ressentir plus que de voir et ce, à l'abri des regards. Je sentais l'air humide chargé des effluves des pins bordant la nationale pénétrer l'habitacle et me caresser le visage. Le vent s'était levé en fin d'après-midi et le froid me saisit lorsque je sortis de la voiture.

Ce froid brutal, celui qui saisit les corps dans l'instant. Avoir froid en dehors et se laisser transir par lui, se laisser aller à ses désirs, à son propre plaisir qui violente le quotidien prévisible et douillet où nos gestes, minutés, planifiés, nos rencontres scénarisées, masquent et voilent d'un frima funeste la vie qui gronde. La violence du ressac, le bouillonnement de l'écume, le contact des rochers, rudes à mes mains, la plainte désespérée des mouettes, l'évanescence des figures vert opaline qui formait le sillon sur les rocs immergés, écho de mon chaos intérieur, me semblaient si familiers !

La mer se suffit à elle-même : comme ces musiques de film que l'on écoute sans connaître l'histoire qu'elles supportent ; alors on imagine toute la puissance des scènes dont la mélodie porte l'empreinte ; puis on saisit les sentiments graves, les rencontres, les départs, les attentes, les peurs, l'espérance. La musique prend alors son indépendance.

Une terre d'accueil

Ce que représente Belle Ile. C'est l'Histoire de toutes les iles qui se protègent des assauts. Ce fortin qui m'avait fortement impressionnée. Sur une ile on se sent en sécurité et en danger. Le fortin était situé sur la lande, au bord de la falaise, non loin de Palais. La façade tournant le dos à l'océan, il avait été érigé sur deux niveaux. Les tourelles, huit au total, dont une sur chaque côté de l'édifice, commençaient à hauteur du premier étage. De tous les fortins de l'île, celui-ci était en bon état et le jardinet situé devant le monument cubique donnait à penser que quelqu'un avait soin d'entretenir les fleurs qui ornaient la façade. On avait fait l'effort de laisser à voir une sorte de désordre organisé et les herbes sauvages cohabitaient avec quelques rosiers disséminés çà et là. L'édifice était trop clos pour ne pas éveiller l'attention du promeneur. Le bois dont la porte centrale était constituée et par laquelle on accédait par un petit pont, le tout faisant penser à l'architecture du pont levis, était en parfait état. Par ailleurs, le mécanisme de fermeture, d'origine, avait été rénové. Outre l'absence d'ouvertures sur la lumière du jour, l'ensemble faisait étrangement penser à une villa de vacances, en attente de ses occupants, pour l'été.

Peur de l'évacuation sanitaire en cas de tempête. C'est un retour sur soi-même.

Entre lande et falaise, une petite niche de schiste qui semblait avoir été modelée pour y recevoir une statuette. De forme ovale, haute d'un mètre environ, elle était suffisamment en contrebas pour ne pas être repérée au premier coup d'œil. Bien que la position assise y fût particulièrement inconfortable, je m'y étais cachée, m'y sentant à l'abri, lovée au creux de la pierre, comme *au ventre de la terre*. Surplombant l'océan, depuis mon poste d'observation, le spectacle qui s'offrait à moi me procurait un sentiment proche de la sécurité. Un semblant de bien être que je n'avais plus ressenti depuis longtemps !

Oui une authenticité…

… Pareil à la puissance qui émane de certains êtres. Cette délicatesse, à l'image de l'intelligence avec laquelle on aborde l'existence : celle du cœur. Tant d'élégance ne peut être que le fruit d'un parcours, d'un cheminement où l'égoïsme de la jeunesse laisse place à la générosité de la maturité.

Peut-être, après tant de désillusions, aborder cette phase où le contact avec autrui n'est plus vital pour se sentir être ; ne plus attendre que le téléphone sonne et le couper, même. Ces phases qui peuvent faire peur, qui peuvent nous sembler vides ; où l'ennui peut devenir nécessaire, Fondateur. Comme un éloge à l'ennui. A la paresse même. Un espace à se réinventer.

Cette période de crise est nécessaire à ma renaissance.

Le confinement ne me fait pas peur. J'avais toujours eu le sentiment d'être seule. De devoir endosser des responsabilités. Devoir être le parent de mes parents. Sentie seule. Pendant le confinement, il est interdit de sortir. C'est une limitation de nos libertés. Il me semble que j'ai toujours été confinée. Je sors d'une crise. Je suis armée. Je connais les angoisses. Les peurs. Les pleurs. Les bruits du silence. La peur du noir. Le manque d'espoir. Le manque de tout. Le vide au creux du ventre.

Mais alors que tous les médias ne parlent plus que de cela à longueur de journée, « Le » Confinement ! On oublie tout le reste du monde. Des peuples qui crèvent. Les conflits. La pauvreté. Le monde animal qui se meurt. Les gros porcs, portés aux nues, et que l'on dénonçait, plus ou moins. Roman Polanski a déchaîné les foules lors de la remise des césars en 2020. A tort ?!… A raison ?!… Seule sa conscience peut y répondre. Catalyseur d'une parole qui se libère… Mais au fond, qui oubliera son nom ?! Et qui se souviendra d'Adèle Aenele ?! Et toutes les autres ?! Ces anonymes ?!

Oui c'est à moi maintenant de parler. Ou plutôt de ne plus me taire. Pour rappeler.

Comme si cela avait moins d'importance. Moins de légitimité. MAIS… Au retour à la normale. Il faudra faire les comptes. Je suis au retour à la normale et je suis en train de rédiger ton compte…

Les livres

En préparation de mon déménagement– vers la mer…, je suis en train de faire le tri dans ma bibliothèque ! *Je réinvente ma vie. Réussir et être heureux. Aime-toi la vie t'aimera. Les mots pour le dire. Quand j'avais 5 ans, je m'ai tué. Le développement affectif de l'enfant. Si je m'écoutais je m'entendrais. Manger ses émotions…* Ces livres m'avaient toujours semblé, symboliquement, presque physiquement, côtoyant mes classiques dans ma bibliothèque, comme des intrus, qui dénotaient dans le paysage. Ils répondront, peut-être, aux angoisses des lecteurs de passage. Que toutes ces lectures dont je me suis délestée dans une bibliothèque en libre-service leur soient bénéfiques !…

Non pas une vengeance. Ou alors à la Monte Cristo. Presque au hasard. Comme une élégance. Une main vengeresse. Invisible. Latente. L'écriture fait partie du processus de maturation. Poser les mots. Les peser aussi. Sinon une existence sans repos de l'âme à l'image de Jean Valjean qui ne sera libéré que par la mort.

Voici la fin

Après 40 ans de silence, j'ai décidé de parler, de libérer ma parole et de livrer ma vérité.

Les attitudes agressives, impulsives, addictives finissent toujours par rattraper les individus.

Je veux exprimer ma vérité avec quelque chose qui me ressemble. L'Ecriture. Un fois la colère exprimée, sur un laps de temps assez court, à ma grande surprise. J'ai toujours ressenti un malaise lorsque j'entendais le témoignage des victimes. Je trouvais leur discours froid, sans affect. Parfois « étrange ». Scénarisé. Psychiatrisé. Je comprends maintenant. Ce n'est pas dire qui est le plus difficile. Cela arrive. En son temps. Comme cela. Sans crier gare. Je crois pouvoir dire, c'est en tout cas comme cela que j'ai analysé le parcours, une fois que le moment de dire arrive, est arrivé, sciemment, inconsciemment, on pense, je pensais que ce serait douloureux, destructeur, mortifère, dévastateur. La chute finale. Bien au contraire. Les mots sortent. Simplement. « Naturellement ». Sans fioriture. De la colère oui. Un contre coup oui. Une grande libération qui ouvre les vannes à la vie. La vie vraie.

J'avais bien tenté ces dernières années quelques confidences. A mots couverts. Des sous-entendus. Ces dépositaires malheureux n'ont pas su, voulu, se saisir de cela et ce n'était pas leur rôle. Mais en vain. Jusqu'au moment où d'autres mots plus violents – toujours pour contourner – ont pris place dans mon esprit et dans ma bouche. « Il peut crever, cela ne me fait ni chaud ni froid ». On me dirait qu'il est mort, j'en n'ai rien à foutre »…Une telle violence. Quel contraste avec le calme habituel. Apparent. Suivis de maux violents. L'estomac.

Je suis une personne digne. Respectable.

Oui la peur va changer de trottoir.

Aujourd'hui, « balance ton porc » est une revanche. Il est un juste retour des choses ; du retour à l'équilibre des femmes à disposer de leur corps, leur libre arbitre. Toutes celles qui ont été injuriées se battent pour toutes les femmes.

Il y a encore quelques barrières. Mais comment lâcher ce rôle de protecteur encore envers la monstruosité ?! De se voir endosser la responsabilité de celle qui va faire exploser la cellule familiale. Il y a bien longtemps qu'elle n'existe plus ! A-t-elle jamais existé ?! Encore, toujours protéger, taire… « Tu es une faiseuse d'histoires ! ».

Il a régné comme un tyran sur la famille. Substitut de la figure paternelle. Duplicité. Complicités… Deux monstres associés. Monstre à deux têtes…

Aujourd'hui, je ne veux plus avoir peur. Plus me cacher. Porter ma confiance. Les valeurs qui m'ont toujours guidées. M'afficher au grand jour. Prendre ma légitimité. Toute ma légitimité. Entière. Ne plus l'attendre, la quémander. Tous les cercles vertueux sont en route. Ils remplacent ce qui a sali, meurtri, heurté, amputé la Vie. Sa sève. Sa quintessence.

J'aurais pu utiliser des mots savants, des mots sophistiqués. Non. Cette histoire, il me faut la livrer. Brute. Parce que je me suis toujours cachée, aussi, derrière les mots, pour masquer les maux. Je ne suis pas là pour plaire, séduire par les mots. Ça ?! Je sais le faire ! Très bien même ! Comme une parade. Un paravent.

J'avais besoin de me déconstruire. Ces dernières années. Perte de tout. Se déconstruire pour reconstruire. Un champ de mines. Les bases. Une maison. En Bretagne ?… Une maison. Au bord de la mer. Mon sang breton qui bouillonne aussi en moi.

La première personne dépositaire du fardeau c'est L., psychologue qui m'accompagne ces dernières années. Je sais que demain, je vais me délivrer. Je suis sereine. Je me sens déjà libérée. Ce jour-là j'ai un rendez-vous le matin chez le coiffeur. Hasard ? Au sortir du salon, cheveux courts, j'ai besoin de changer la façon que j'aie de me maquiller. Je vais dans un magasin de cosmétiques. Demander conseils… L'après-midi même, j'ai rendez-vous. L'ultime. Je le sais. Nous le savons toutes les deux, Je suis au terme de toutes mes souffrances, ces heures à se raconter. Enfin, pas tout à fait encore.

Parler n'est pas violent. Mais. Taire. Oublier. Nier. Contourner. Souffrir dans son corps. Son âme souillée. S'épuiser. Lutter. Cacher. Sourire.

Se ronger de l'intérieur. Avoir peur d'abord. L'enfant qui se sent responsable d'avoir fait une bêtise et qui ne dit pas. Puis, dans l'ignorance toujours, son innocence de petite fille. Terrifiée.

Depuis, le ventre, centre des émotions, ancestralement qui protège les femmes contre les coups et les agressions. Aux temps préhistoriques, cette couche de graisse autour du ventre qui protège encore l'enfant à naître des coups du sort.

Le ventre – de la femme – par excellence, second cortex qui donne et qui reçoit pour le bon comme le mauvais. Les règles abondantes, douloureuses au point de devoir rester alitée. Les règles ? Quand elles arrivent la première fois, environ 4 ans après, on est à nouveau seule pour affronter ce qui fait peur, ce qui fait mal. Pas de quoi se garnir. La peur au ventre.

Le gros porc, lui, il est élevé à la campagne, façon 19e siècle. Le mâle dans toute sa splendeur. C'est un vrai défilé à la maison. Il vient sauter des filles dans la maison familiale où il a commis son crime. Le balance ton porc est pour lui. La société qui l'a créé, érigé en héros, parce qu'il a une queue, le conspue aujourd'hui. Les me too balancent aussi leurs mère, complices, soumises. Toute une éducation à refaire.

Il fréquente son oncle, alcoolique notoire dans le village où tout le monde sait tout sur tout le monde. Tout le monde sait. Tout le monde se tait. Le gros porc deviendra alcoolique. Aujourd'hui, il fait croire, à qui veut bien l'entendre, gober ça, qu'il a une hépatite B qu'il aurait contractée parce que sa femme qui lui a donné sa descendance douteuse… Tiens, au fait ! Qu'est-ce qu'il a fait avec ses trois enfants ?! Son fils aîné, ses deux filles ?!… Donc une hépatite en raison du vaccin qu'il aurait reçu par erreur deux fois de suite de la main de sa femme qui au passage l'a incité à se suicider… et qui l'aurait rendu malade. La Vérité ? Pauvre Alcoolique ! Dans les années 80, il partait tous les matins 50 francs en poche (l'équivalent aujourd'hui de 100 euros en pouvoir d'achat) parce que Monsieur ne voulait pas manger à la cantine au collège. Il mangeait dans un bar évidemment. Il claquait son fric en alcool et en tabac. Il frimait en pantalon blanc. Il a dû en sauter des filles, sans compter celles qu'il a engrossées. Quel spectacle que de le voir dégueuler dans les chiottes comme un animal qu'il est. Un animal sauvage, violent, qui ne sait pas retenir ses pulsions. Je l'ai vu voler de l'argent dans le sac à main de sa mère. Fouiller dans son armoire et violer son intimité. 50 francs?! Cela ne devait sans doute pas suffire! Je l'ai entendu insulter son grand-père dont il était le chouchou, le traitant de vieux con. Il a tabassé sa sœur. Je l'ai vu tabasser son chien aussi à grands coups de pieds dans le ventre parce qu'il avait mangé ses chaussures… Je l'ai vu surtout, tenir mon père en joue avec un fusil. Je l'ai vu foutre sa mère et sa grand-mère à coups de pieds au cul à la porte de chez lui après un repas encore bien arrosé.

Comme une sorte de loyauté familiale, pour ne pas être celle qui fait des histoires; combien de fois ne l'ai-je entendu?! Oui cela je l'ai entendu à maintes reprises. Tu es une faiseuse d'histoire. Moi?! Je n'ai pas besoin de les faire les histoires. Aujourd'hui je parle de mon Histoire. De ce qui m'est arrivé. De ce qu'a été ma vie. Aujourd'hui, j'écris l'histoire.

Toi le prédateur. Il avait compris que j'étais l'enfant de trop. Que je manquais de confiance en moi. Que je suis une personne loyale. Que je ne suis pas de ces enfants à enfreindre les lois – pour trop rigides – dictées par la maisonnée. L'ambiance. Il avait compris qu'il était en terre conquise. A la campagne, les filles n'avaient pas le droit de cité. Le mâle de la famille règne en maître. Jusqu'à l'impensable. L'impossible. L'inimaginable. L'horreur.

Parce que aussi. Il fallait taire. Il fallait se taire. Il ne fallait pas raconter ce qui se passait à la maison. Ni les petites, ni les grandes choses. Je prenais cela encore pour une loyauté. Mais loyauté était secret. Loyauté était complicité. Loyauté fut souffrance.

On finit toujours par être rattrapé par son histoire.

Fini de jouer aux chevaliers blancs. Il n'y a plus grand monde pour croire à tous tes mensonges. Tu as construit ta vie sur un meurtre, un crime. Ta vie, c'est de la merde. Comme une dégénérescence. Comme la descendance douteuse que tu vas laisser derrière toi. Monsieur va jouer aux grands-pères gâteaux !

Je n'ai rien à voir avec ton genre d'individu. Quel genre de monstre es-tu ? Ce n'est pas le même sang qui coule dans nos veines.

Ma parole se libère après de longues années de souffrance, de lutte. De psychanalyse. D'errance. De peurs. De craintes. De solitudes. D'erreurs de jugements.

Je n'étais pas une enfant désirée. Pas attendue en tout cas. Mes angoisses ont dès le début été tuées dans l'œuf à coup de biberons supplémentaires. Déjà les maux de ventre… Enfant plus que timide. Aller à l'école était angoissant, anxiogène. Inquiétant. Surprotégée – oh paradoxe – comme un trésor qu'il ne fallait pas toucher – l'avais tu compris ? – on me faisait croire que c'était le monde extérieur qui était violent, inquiétant. Quand on ne me bastonnait pas à coups de chaussures sur la tête. Me trainait par les cheveux, par terre, jusque dans la salle de bains, pour me faire prendre une douche froide…

Ainsi, tous les êtres que tu auras maltraités, violentés, insultés, brutalisés, tabassés, volés, violentés, menacés… Ceux que je connais. Pour tant d'autres… Pour tous ceux que j'aimais. Pour ceux que je ne connais pas. Ceux-là. Tous ceux-là seront vengés. Aussi. Mais aussi, et surtout, pour toutes ces femmes !!… Comme en témoignage. Je suis un passeur.

Quelques années auparavant, je devais avoir dans les 6/7 ans. Dans le quartier où je vivais à la campagne, à un moment où je m'étais sans doute un peu isolée du groupe… Sur la rue, un peu avant la route qui monte vers la plaine, une voiture s'était arrêtée à ma hauteur. Un homme sortit de sa voiture. Souriant, il m'avait gentiment invitée à monter pour aller « faire un petit tour en voiture » ! Un ressenti d'enfant m'avait dit de me méfier, de ne pas accepter…

… car on se méfie sans doute plus dans ce contexte. Lui n'avait pas osé, car nous étions aux abords des maisons. Ce jour-là, malgré tout, peut-être, échappais-je à une mort, violente, peut être… Qui pourrait le dire ? Qui ne le saura jamais ? C'est bien ce que le monstre s'est toujours dit. Jusqu'à aujourd'hui…

La confusion entre ce que j'étais vraiment. Qui j'étais vraiment. On me rabaissait. On me faisait culpabiliser et porter des responsabilités.

La sexualité c'était mal. Sale. Comme un crime… Crise hystérique devant le poste de télévision avec un torchon pour cacher des scènes, sensuelles, au mieux…

L'image de la femme. Dans la famille, les filles étaient élevées à l'ancienne. A la campagne, les fils étaient élevés comme des coqs de bassecour. La fille est reléguée aux basses tâches et compte pour du beurre. Voilà ce qu'il a eu sous les yeux, ce qu'il lui a été transmis. La femme n'est rien. Une proie à sa disposition…

Le plus pervers d'entre eux, fut celui qui me porta aux nues, sur un piédestal dont il me fallut 5 années pour descendre. Il m'avait si bien encensée, envoûtée, charmée… Moi, d'un milieu modeste, manque de confiance – à l'époque, spontanée. Lui, milieu parisien, très sûr de lui, en apparence, maniant la langue française et les beaux mots. Les mots menteurs. Intelligence supérieure. Insoupçonnable. Il me guida, comme un coach hors pair. Baissant ma garde et oubliant la sagesse des fables de Monsieur de la Fontaine, je m'y laissais flatter tel le bel emplumé sur sa branche. Mais dans l'histoire, je perdis bien plus qu'un fromage…

Comme il était facile d'entrer dans la faille ! Comme le couteau dans la chair tendre. Des chagrins inconsolables qui n'en finissent pas… Ce fut la dernière fois que l'on me malmena et que l'on me traita comme une vulgaire putain… La version sous-titrée, beaucoup moins reluisante sous le vernis, ironie du sort pour un cinéphile passionné, c'est que, mal marié, il menait double vie. Venait se délasser et se déniaisait en province. Le statut social était plus important à ses yeux. D'un milieu modeste, lui aussi, finalement, il assumait mal son ascension sociale, pleurnichant qu'on le prit pour une marionnette savante en société. Le cul entre deux conditions aussi. Je lui en voulu longtemps ; plus de m'avoir valorisée que de m'avoir menti. Il fut le miroir de mes échecs.

Ils pensent qu'ils peuvent continuer à se foutre de ma gueule encore longtemps. A passer des heures au téléphone. A parler du passé. De quel passé ?! Comme des vieux cons. Tant d'hypocrisie peut me faire entrer dans une rage. Frustrations.

Le confinement est également un moment propice pour faire du tri dans ses affaires. J'ai conservé tous les souvenirs de mon enfance. Dans les cartons mes livres. Les tous premiers. Les objets d'enfant sans valeur. Mais quelle importance à mes yeux. C'est comme la possibilité de donner un nouveau départ. Ce tri n'est pas douloureux. Fondateur, on remet les compteurs à niveau. C'est le printemps. On relit les racines qui germeront.

« En automne, je récoltais toutes mes peines et les enterrais dans mon jardin. Lorsqu'avril refleurit et que la terre et le printemps célébrèrent leurs noces, mon jardin fut jonché de fleurs splendides et exceptionnelles. Mes voisins vinrent les admirer et chacun me dit : "Quand reviendra l'automne, la saison des semailles, nous donneras-tu des graines de ces fleurs, afin que nous puissions les planter dans nos jardins ?!" ». Khalil Gibran.

Et Le fameux Noel où sa femme, son ex, on ne sait plus comment dire après un mariage, un divorce, un suicide, une vente de maison, le rachat d'une maison, la remise en commun de tout ce bordel qui n'a aucun sens, aucune légitimité !… Elle vient à la maison familiale et joue à la reine mère. Sainte ni touche qui sert tout le monde comme si elle était la maitresse de maison sous les yeux complices…

Ils ont réussi à manœuvre pour qu'on leur prête (prêt ?…) de l'argent pour acheter une voiture. L'héritage familial si maigre, avait déjà été capté, dilapidé et distribué. Ils considèrent comme normal que, lui qui a déjà eu plus que sa part, tout le temps, depuis toujours, depuis l'enfance où il lui fallait tout. Il avait toujours besoin de quelque chose et quand il ne pouvait y accéder, il le volait…

Je n'ai pas besoin de votre argent…

Cette période de confinement nous adresse plusieurs messages selon nos croyances, nos valeurs. Ce temps est un temps pour moi. Temps précieux pour rendre sur le papier. A l'image de Philippe de Neuville, architecte en chef de Notre de Dame de Paris qui est actuellement en rénovation suite à l'incendie d'il y a un an. A l'âge de 5 ans, il est tombé amoureux de cet endroit. Il est convaincu aujourd'hui qu'il a été poussé, comme une mission, à faire ce métier. Aujourd'hui, il aide à faire renaitre ND de ses cendres. Nous avons tous la capacité du Phénix.

Je passais pour la dépressive. Pour la bonne pâte. Pour celle qui n'arrive pas à se construire et qui devait toujours se justifier. De tout. De rien. Sur tout. Sur rien. Aujourd'hui, c'est toi qui fermes ta gueule ! Toi, l'assassin qui martyrisait tout le monde, toi l'assassin qui brutalisait tous les êtres que tu jugeais inférieurs, faibles. Toi l'assassin qui réglait leur compte à ceux qui n'obéissait pas à la loi que tu voulais faire régner, imposer.

Mes parents étaient tristes. Jeunes, ils portaient sur eux, en eux, l'histoire de leurs familles respectives. D'un côté, une enfance de misère. Entre pensionnat chez les curés et colonies de vacances l'été, mon père, orphelin à 5 ans… Ma mère, une enfance plus calme, à la campagne. Mais rude. A l'ancienne. De solitudes. Au travail à 14 ans dans les fermes. A récurer les cochons. Une mère autoritaire… Un mariage malheureux donc. Un seul salaire. 3 enfants à nourrir. Je suis la troisième.

Je suis arrivée par hasard. Dans ce chaos. Il manque 3 mois à ma vie prénatale pendant lesquels je n'ai pas existé. Je n'ai pas fait de bruit pour ne pas déranger. Pour ne pas en rajouter. Je sais maintenant pourquoi j'aime tant l'eau. Me sentir en elle. Dans la mer. Dans la mère… J'ai toujours aimé l'eau. Depuis que j'étais une petite fille. J'ai à chaque fois une grande sensation de plaisir à boire de l'eau…

Trois mois pendant lesquels je fus niée, ignorée. Les évidences pourtant. Ma mère se sentait très fatiguée. Je suis le fruit d'un retour de couches. Tous les signes étaient évidents. Le médecin lui donna du fortifiant et des piqures – de quoi ?!! – pour faire «revenir» ses règles !… Au bout de 3 mois, ils convinrent tout de même que ma mère était enceinte ! Six mois plus tard, donc j'arrivais avec les rosiers de juin. «Elle a beaucoup de cheveux ! Elle est brune ! Elle a les traits fins ! C'est une belle petite fille !». Voilà les premiers mots que j'ai entendus… Ma première semaine de vie extra utérine fut calme. Je dormis.

Mon père avait été jugé «coupable» par sa belle-mère d'avoir engrossé sa fille qui n'était pas une vache ! Mes grands-parents m'en ont tenu rigueur. J'étais le vilain petit canard qui venait faire du remous.

Puis, je ne dormis plus. J'avais des angoisses. Alors on me soignait à coup de biberons. On me remplissait quand je me réveillais en pleurant. On m'a administré une sorte de somnifère… Pendant cette période, je dormis si bien que l'on me regardait dormir pour voir si je n'étais pas morte…

Ma sœur ainée m'a protégée à sa façon. Son histoire est difficile aussi… Aujourd'hui, elle a préféré tirer un trait sur toute la famille, moi y compris. Ma sœur était mon modèle…Elle manque à ma vie…

Ne croyez pas que mon père était un faible. Survivant, l'a maladie l'a rattrapé. Plus tard. Après avoir mangé son âme, elle a fini par ronger ses artères… Il avait manqué de schéma familial. Survivant. Après-guerre, on l'envoyait dans les décombres. Il ramassait des bouteilles de verres pour aller les vendre…J'ai voulu réparer ces injustices. J'ai suivi brillamment les cours pour devenir assistante sociale. Je n'avais pas compris que ce n'était pas un métier pour moi…Mais secrétaire, c'est bien ce que l'on fait quand nos parents n'ont pas de projets pour nous. C'est à la portée de n'importe quelle conne ! Secrétaire : bonne à tout faire. Le faire bien malgré tout…

Malgré tout, j'ai aimé toutes ces personnes. Je me suis attachée à eux. J'ai vécu avec eux. Auprès d'eux. J'ai toujours été là pour eux. Il fallait que je me rende utile. C'est mon père qui me manque le plus…

J'ai grandi dans le silence, dans l'obéissance. Je calmais mes angoisses avec la nourriture puisque c'est ce que l'on m'avait appris bébé…

Je n'étais pas l'enfant désirée. Mon père me protégeait. Ma mère adulait l'autre abruti par l'alcool plus tard… Il a voulu souiller ce que mon père aimait… Familles torturées…

Secrétaire. Secret taire. Taire le secret. Il fallait toujours se taire. Les mots, la lecture, la littérature ont alors pris cette place dans ma vie. Les lectures en philosophie, en psychologie m'ont permis de comprendre. Aujourd'hui, je ne sais pas dire si je suis guérie…

Il est environ 19 heures dans la maison.
Je viens de prendre mon bain.
Je suis propre.
J'ai 10 ans….
Tout se passe rapidement.
Dans le silence.
Avant, j'ai vu son sexe, grand, dressé. [Il fallait que je le branle. De nouveau…] Il prend ma main. Je dois monter et descendre. Je lui demande si je ne lui fais pas mal!!…
Il me demande de me poser sur lui…
Il est 19 heures 16. Un soir d'été de 1980…
Je suis souillée à jamais.
Il y a 18 mois d'écart entre moi et ce monstre fratricide.
Mais à présent, c'est toi qui es mort…

Maintenant que j'ai pu dire le mal de moi, tout le mal de moi, pour ma défense, pour ma survie, je sais que je ne me sentirai jamais plus coupable.

« *Aimer ou avoir aimé, cela suffit. Ne demandez rien en-suite. On n'a pas d'autres perles à trouver dans les plis té-nébreux de la vie. Aimer est un accomplissement.* »
Victor Hugo